AF249740

PROJET

POUR AMÉLIORER LE SORT

DES CI-DEVANT

BÉNÉFICIERS ECCLÉSIASTIQUES

DE FRANCE.

Par M. l'Abbé DE PERNON,

EX-MAÎTRE DES REQUÊTES DE L'HÔTEL DU ROI,
ET CI-DEVANT ABBÉ COMMENDATAIRE DE L'ABBAYE
ROYALE DE LA BUSSIÈRE.

BIBLIOTHÈQUE

PARIS.

1816.

AVANT-PROPOS.

Ce serait bien peu connaître le caractère de
la Nation française, que de lui attribuer le
sort qu'éprouvent depuis vingt-cinq ans les ci-
devant Bénéficiers ecclésiastiques.

L'histoire dira avec vérité qu'il a fallu une
suite de malheurs sans exemple pour qu'une Nation, de tout temps sensible, noble et géné-
reuse, ait été pendant tant d'années spectatrice
d'une pareille situation, sans pouvoir y mettre
un terme : la présence de son Roi légitime pouvait seule la rétablir dans tous ses droits, et

la ramener à son penchant naturel ; aussi, dès le premier moment que Louis-le-Désiré a paru, et que la Nation française a été représentée par son véritable Souverain, les principes de clémence ont été les premiers développés, et ceux de justice annoncés.

Cette époque à jamais mémorable, a rappelé aux ci-devant bénéficiers ecclésiastiques ces temps heureux où ils donnaient les premiers l'exemple d'une noble et respectueuse soumission envers leur Roi ; ce sentiment, qui n'a jamais cessé d'être gravé dans leur cœur, leur fait attendre avec la plus grande confiance le moment où cette justice annoncée pourra s'effectuer à leur égard.

Les plus grands motifs commandent la cessation de leurs souffrances et de leurs privations.

Personne n'ignore qu'ils appartiennent à toutes les familles de France, qui les avaient destinés à rendre immortelles les institutions les plus belles et les établissemens les plus utiles ; et s'ils ont à gémir sur leurs destructions, ils sont loin d'y avoir participé ; également employés dans l'Eglise et dans l'Etat , ils exerçaient avec le même zèle, et les talens les plus distingués, les fonctions de la magistrature spirituelle et celles de la magistrature civile , ordre de choses qui existait depuis la naissance de la Monarchie ; sous différens règnes , on a vu des Ecclésiastiques occuper les premières places de l'Etat et y acquérir une célébrité qui a passé à la postérité ; plusieurs ont brillé dans les conseils de nos Rois et dans les parlemens, où ils avaient des places marquées , et il n'est aucune administration où beaucoup ne se soient rendus de la plus grande utilité par leurs connaissances.

Presque tous étaient dans l'usage de faire à leurs familles l'abandon de leurs biens patrimoniaux, comptant sur leurs biens ecclésiastiques, et il serait peut-être difficile de déterminer le nombre des familles qui doivent à ces bénéficiers la conservation d'une existence honorable et même brillante, sans parler de l'éducation qu'une infinité [d'individus d'un ordre inférieur n'aurait jamais reçue sans leurs secours.

Ainsi, on peut dire avec vérité que la haute considération dont le Clergé de France à joui pendant bien des siècles, a été moins l'effet des richesses qu'il possédait, que le produit de ses vertus, de ses connaissances, de ses bienfaits et des hommes distingués en tous genres qu'il a nourris et élevés dans son sein.

La postérité sans doute aura peine à croire que tant de personnes si recommandables, et qui formaient avec les Archevêques et Evêques le premier Ordre de l'Etat en France, aient été réduites à recevoir une avilissante aumône de 250 francs par an, somme à peine suffisante pour faire vivre le dernier des malheureux ; ce sort, quoiqu'inconcevable, devait cependant avoir lieu ; il n'a été qu'une suite naturelle du système adopté par les tyrans qui ont désolé la France pendant trop d'années. Ils espéraient que la Religion qui dominait dans l'Etat disparaîtrait à jamais, s'ils pouvaient parvenir à en détruire les Ministres ; ils en ont fait périr le plus qu'ils ont pu ; et pour rendre nuls ceux qui ont été assez heureux pour échapper à leur glaive, ils ont cherché à les couvrir de mépris, en les présentant aux yeux des peuples sans moyens convenables d'existence.

Mais une force plus grande que celle de toutes les Puissances de la terre, vient de prouver de nouveau au Monde que, sans Religion, sans Autorité légitime et sans principes de justice, rien ne pouvait être stable ; les tyrans de la France devaient donc être renversés, et ils l'ont été ; la France a recouvré sa Religion et son Roi, bases avec lesquelles sa gloire et sa véritable grandeur avaient toujours été croissantes.

Que d'espérances dès ce moment pour un avenir heureux et stable ! Que d'efforts pour substituer à des cruautés sans nombre des consolations capables de les faire oublier !

Le Roi, la Chambre des Pairs et celle des

Députés, sont d'accord aujourd'hui sur la nécessité de redonner au Culte catholique tout le lustre dont il a besoin, et de faire cesser enfin l'injustice exercée vis-à-vis de Français, qui, sous aucuns rapports, n'ont jamais pu perdre le traitement auquel l'Etat s'est engagé par l'acte le plus solennel; traitement, au reste, qui n'est qu'un bien faible échange des biens immenses qu'ils possédaient.

C'est donc sans craindre de s'écarter du respect et de la soumission due à l'Autorité qui gouverne, qu'un ci-devant Bénéficier ecclésiastique, animé du seul désir de concourir à une amélioration regardée indispensable, s'est permis de mettre au jour un projet qui lui paraît réunir tout à la fois, et les principes de justice, et ce qui est dû aux circonstances. A l'égard des principes de justice qu'on pourrait invoquer, la Nation française n'a pas besoin qu'on les lui rappelle; ils lui sont trop connus pour qu'on puisse se permettre de s'en occuper ici : on remarquera seulement que l'engagement con-

tracté vis-à-vis les ci-devant Bénéficiers ecclésiastiques a même été respecté par le pouvoir
usurpateur, qui, dans les excès de sa tyrannie,
exercés principalement contre ces Bénéficiers ,
n'a osé l'attaquer qu'en le rendant nul par le
fait ; mais dans le droit, il existe dans toute sa
force , et en principe de justice, il doit avoir sa
pleine et entière exécution.

Mais, comme on l'a annoncé, cette vérité
incontestable ne doit pas être séparée de ce qui
est dû aux circonstances. Celles où la France se
trouve aujourd'hui sont tellement impérieuses,
que les ci-devant Bénéficiers ecclésiastiques
croiraient se manquer à eux-mêmes , s'ils ne
s'empressaient de déclarer qu'ils regarderont
toujours comme un devoir précieux à remplir
celui de se soumettre à tout ce qui sera jugé
convenable pour rendre moins sensible l'engagement qui a été contracté vis-à-vis d'eux. Le
Projet qui va suivre doit donc avoir pour but
d'offrir un mode qui puisse procurer cet avan-
tage.

PROJET.

L'engagement contracté a divisé en deux classes les ci-devant Bénéficiers ecclésiastiques.

La première, qui comprend ceux qui jouissaient depuis 15,000 fr. de rente et plus, a fixé le *maximum* de leur traitement à 6000 fr.

La seconde, qui renferme tous les autres ci-devant Bénéficiers ecclésiastiques ayant un revenu moins considérable, a déterminé les traitemens en raison du revenu qu'ils avaient.

L'ensemble de ces traitemens est loin de représenter la centième partie des biens que l'Etat s'est procurés moyennant un simple viager, qui n'a pas tardé à éprouver les secousses les plus violentes.

Les massacres, les emprisonnemens, les bannissemens, les exils, les confiscations, les chagrins, et tant de souffrances multipliées ont moissonné, bien avant le temps prescrit par la nature, plus des deux tiers des ci-devant Bénéficiers ecclésiastiques, qui n'ont eu d'autres torts, ainsi que ceux qui existent, que d'avoir défendu leur conscience et gardé fidélité au Roi.

A des pertes si sensibles, a succédé la cessation de tout paiement pendant plus de vingt ans; car ce serait faire injure à la Nation française que de mettre en ligne de compte la misérable aumône qui a été faite.

Ainsi, l'engagement contracté n'a rien coûté à l'Etat pendant longues années, et la somme due aujourd'hui est bien légère en comparaison de ce qu'elle serait si les temps avaient été tranquilles.

Cette vérité établie, et qu'il est impossible de contester, il ne s'agit donc plus que de la concilier avec ce qui est dû aux circonstances.

Une considération se présente d'abord.

Le respect dû à la vieillesse avancée, et les infirmités qui en sont inséparables, sollicitent naturellement des égards ; ils doivent être plus marqués vis-à-vis des personnes qui ont occupé des places distinguées et qui ont eu une grande aisance ; elles ont plus besoin de consolations sur la fin de leurs jours, et les moyens de les prolonger le plus possible doivent nécessairement être plus multipliés. On croirait donc qu'il serait peut-être convenable, à l'égard des ci-devant Bénéficiers ecclésiastiques de la première classe, qui ont plus de 70 ans, de ne leur faire supporter aucune réduction. Ce nombre ne peut être que très-petit , à en juger par les Evêques, dont il ne reste que 26 sur 127. La somme à leur payer ne sera pas considérable ; elle diminuera sensiblement tous les ans par deux causes , résultantes de l'âge et du principe adopté que tout traitement reçu et qu'on pourrait recevoir indépendamment de celui dont il s'agit, diminuera d'autant la somme à acquitter.

Quant aux autres ci-devant Bénéficiers ecclésiastiques de la même classe, qu'un âge moins

avancé rend plus susceptibles d'une réduction ,
ils en supporteront une qu'on ne se permettra
pas de fixer , parce qu'il n'appartient pas à un
simple particulier d'énoncer ce que l'Etat seul
peut faire connaître : réflexion qui porte également sur les ci-devant Bénéficiers ecclésiastiques de la seconde classe , qui tous supporteront aussi une réduction.

Elle ne sera déterminée sans doute qu'après
avoir pris en considération que tous les ci-devant Bénéficiers ecclésiastiques ont déjà subi
une première réduction considérable lors de
l'engagement contracté ; que cette première réduction a été suivie d'une seconde , résultante
des moyens violens employés pour diminuer le
nombre des personnes comprises dans l'engagement , et qu'à cette seconde a succédé plus
qu'une réduction , puisqu'il y a cessation de
tout paiement depuis plus de vingt ans.

Toutes ces pertes sont d'un genre qui écarte
toute idée de comparaison. On partage sans doute
l'indignation générale qu'a excitée une banque-

route sans exemple ; mais on conviendra que le malheur des ci-devant Bénéficiers ecclésiastiques aurait été bien moins grand s'ils n'eussent eu qu'à partager cette énorme injustice.

Ainsi, la fin de leurs souffrances et de leurs privations, qu'ils demandent avec la noble proposition de se soumettre à tout ce qui sera jugé convenable pour diminuer encore l'étendue d'un engagement qui a déjà éprouvé tant de réductions, et qui aujourd'hui n'est pas très-considérable, ne doit naturellement qu'exciter l'intérêt général, et faire désirer le succès d'un projet qui n'a pour but que d'obtenir une résolution qui conciliera l'honneur national avec ce qui est dû aux circonstances.

DE L'IMPRIMERIE DE PORTHMANN,

RUE Ste.-ANNE, N°. 43,

VIS-A-VIS LA RUE VILLEDOT.